Collection de M. X...

TABLEAUX

ANCIENS

Collection de M. X...

TABLEAUX ANCIENS

CE CATALOGUE SE DISTRIBUE

A PARIS, CHEZ :

Me LAIR-DUBREUIL	M. G. SORTAIS
COMMISSAIRE-PRISEUR	PEINTRE EXPERT PRÈS LE TRIBUNAL DE LA SEINE
6, rue Favart, 6	11, rue Scribe, 11

CONDITIONS DE LA VENTE

Elle sera faite au comptant ;

Les acquéreurs payeront *dix pour cent* en sus des enchères.

L'exposition mettant le public à même de se rendre compte de l'état et de la nature des objets, aucune réclamation ne sera admise une fois l'adjudication prononcée.

CATALOGUE

DE

Tableaux Anciens

PAR

BALEN (VAN), BOULIAR (Mlle M.-G.),
BOILLY (L.-L.), BLAIN DE FONTENAY, COYPEL (Antoine),
DE TROY (François), GRIMOUX, GUERIN (P.-N.),
HEEM le Vieux (David DE), MOLENAER (J.-M.),
MONNOYER (J.-B.), SCHALKEN (G.), SCHEFFER (Ary),
STEEN (Jean), etc.

COMPOSANT LA

Collection de M. X...

DONT LA VENTE AURA LIEU

HOTEL DROUOT, SALLE N° 11

Le Jeudi 2 Mars 1911

à deux heures

EXPOSITION PUBLIQUE : Le Mercredi 1er Mars 1911

de deux heures à six heures

Me LAIR-DUBREUIL	M. GEORGES SORTAIS
COMMISSAIRE-PRISEUR	PEINTRE EXPERT PRÈS LE TRIBUNAL DE LA SEINE
6, rue Favart, 6	11, rue Scribe, 11

TABLEAUX ANCIENS

AUER (JEAN-PAUL)

(1636-1687)

1 — *Portrait du sculpteur nurembergeois Schweigger.*

Vu de face, les cheveux bruns et longs, vêtu d'une tunique violacée aux manches relevées, une écharpe à la taille nouée sur le devant, recouvert d'un manteau bleu; la main droite ouverte et tendue.

Fonds d'architecture.

Une inscription au verso.

Cuivre. Haut., $0^{m}.2$[illegible]; larg., $0^{m}.17$.

AVED (André-Joseph)

(1702-1766)

2 *Portrait d'une Abbesse.*

Vue jusqu'aux genoux, assise dans un fauteuil, vêtue d'une robe de drap blanc recouverte d'un long voile noir, à son côté gauche une crosse abbatiale au sommet de laquelle est attachée une draperie armoriée, près d'elle une console Louis XV, sur laquelle est posé un livre d'heures.

On lit dans le haut les initiales, A. I. A. 1763.

Toile. Haut., [illegible]; larg., [illegible].

BERTIN (Nicolas)

ATTRIBUÉ À

(1668-1736)

3 *Télémaque et Calypso.*

Toile. Haut., [illegible]; larg., [illegible].

BIDAULT (J.-J.-X.)

(1758-1846)

4 — *Paysage.*

Dans un paysage un pâtre conduit son troupeau de chèvres.

Signé et daté.

Toile. Haut., [illegible]; larg., [illegible].

BLAIN DE FONTENAY (J.-B.)

(1653-1715)

5 — *Vase de fleurs.*

Des roses, des tulipes et des fleurs d'oranger s'échappent d'un vase d'or richement ciselé et posé sur le tapis d'une table que jonchent des fleurs et des fruits.

Une perruche aux ailes rouges se soutient en battant des ailes dans le feuillage à gauche.

Cadre en bois sculpté et doré.

Toile. Haut., $0^{m},70$; larg., $0^{m},58$.

BLOEMEN (JEAN FRANÇOIS VAN)

(ATTRIBUÉ A)

(1656-1748)

6 — *Le Maréchal ferrant.*

Toile. Haut., $0^{m},37$; larg., $0^{m},40$.

BOILLY (L.-L.)

(1761-1845)

7 — *La Bacchante.*

Dans un paysage boisé à fond montagneux, une bacchante à la chevelure blonde est renversée sur les genoux d'un jeune faune. agenouillé et couronné de pampres. Il tient dans sa main droite une grappe de raisin. et, dans la gauche, une coupe dorée ; une amphore est jetée à terre.

Conforme, avec quelques variantes, à la gravure de L.-J. Allais.

Peinture de la première période de l'artiste.

Toile. Haut., $0^{m},32$; larg., $0^{m},40$.

BOUHOT (ÉTIENNE)

(ATTRIBUÉ À)

(1780-1862)

8 — *Une intérieure du cabinet de feu Monsieur le Comte de C...*

Toile. Haut., 0m,32; larg., 0m,60.

BOULIAR (MARIE-GENEVIÈVE)

(1772-1810)

9 — *Portrait de Talleyrand.*

Vu en buste de face, la figure jeune, les lèvres entr'ouvertes, il est vêtu d'un habit brun boutonné et d'un gilet jaune, le cou enveloppé d'une large cravate blanche; il porte les insignes de la Légion d'Honneur à sa boutonnière.

Signé en toutes lettres et daté à gauche.

Vente Schiff.

Toile. Haut., 0m,24; larg., 0m,19.

BOULLONGNE (LOUIS DE)

(1654-1733)

10 — *Triomphe de Cérès.*

Cérès à demi vêtue de draperies roses et blanches, sa tête blonde couronnée d'épis, est assise sur un tertre à l'ombre d'un grand arbre: à droite, un amour lutine son compagnon couché sur une gerbe de blé.

Une jeune fille à gauche contemple Cérès. Au fond, un faucheur moissonne.

Pendant du suivant.

Toile. Haut., 0m,60; larg., 0m,47.

9

36

BOULLONGNE (Louis de)

11 — *Triomphe de Bacchus.*

Le jeune dieu couronné de pampres, assis, nu, un manteau rouge enroulé autour de son bras, tend une coupe d'argent à un amour qui presse une grappe de raisin; un autre amour à droite, la taille entourée d'une draperie bleue, brandit un thyrse; à gauche, panthères enchaînées.

Pendant du précédent.

Toile. Haut., $0^m.60$; larg., $0^m.47$.

CHAMPAIGNE (Ecole de Philippe de)

12 — *Portrait de Guillaume de Lamoignon, premier Président du Parlement de Paris.*

Le célèbre magistrat est vu en buste, vêtu de sa robe rouge relevée de galons d'or et d'hermine.

Cadre bois sculpté et doré.

Toile ovale. Haut., $0^m.60$; larg., $0^m.53$.

COGNIET (Léon)

(1794-1863)

13 — *Métabus, roi des Volsques.*

Esquisse.

Envoi de Rome, 1817.

Toile. Haut., $0^m.30$; larg., $0^m.21$.

COYPEL (Antoine)

(1661-1722)

14 — *Renaud et Armide.*

Assis tous deux sur un tertre au bord d'une rivière, se détachant sur un fond de montagnes. Renaud enlace Armide, sur le genou de laquelle il pose sa main droite. De ses deux bras soulevés, elle dépose une couronne de fleurs sur la chevelure du guerrier.

Ubalde, à demi caché derrière un arbre, regarde cette scène.

Cadre bois sculpté et doré.

Toile. Haut., 0 [illegible]; larg., 0m [illegible].

DEMARNE (Jean-Louis)

(1744-1829)

15 — *Paysage.*

Au centre, un monument gothique : à droite, des bestiaux traversant une mare ; à gauche, un chemin s'enfonce sous bois ; à droite, un horizon montagneux.

Bois. Haut., 0 [illegible]; larg., 0 ,38.

DUBUFE (Claude-Marie)

(1790-1864)

16 — *Portrait présumé de Madame de Girardin.*

En buste et assise, vêtue d'une robe noire décolletée, les bras nus, une rose dans sa chevelure bouclée, derrière et au fond, un rideau rouge.

Signé du monogramme.

Toile. Haut., [illegible]; larg., 0m [illegible].

DUPLESSIS (Joseph-Silfrede)

ATTRIBUÉ A

1725-1802

17 — *Portrait de l'Archevêque de Sens, Loménie de Brienne, Ministre de Louis XVI, suicidé dans les prisons révolutionnaires.*

Vu de face, les cheveux poudrés, il porte le camail à liséré violet; la cravate de l'ordre du Saint-Esprit orne son cou.

Conforme au portrait gravé dans les « Galeries de Versailles ».

Cadre bois sculpté et doré.

Toile ovale. Haut., 0m,34; larg., 0m,26.

ÉCOLE FLAMANDE

(XVIIe siècle)

18 — *L'Échelle de Jacob.*

Cuivre. Haut., 0m,12; larg., 0m,25.

ÉCOLE FLAMANDE

(XVIIe siècle)

19 — *Jacob luttant avec l'Ange.*

Cuivre. Haut., 0m,12; larg., 0m,25.

ÉCOLE FRANÇAISE

(XVIIIe siècle)

20 — *Portrait présumé de Fontenelle.*

Toile ovale. Haut., 0m,77; larg., 0m,61.

ÉCOLE FRANÇAISE

(XVIIe siècle)

21 — *Réunion de famille dans un intérieur.*

Cinq personnages, dont quatre enfants, sont groupés autour du portrait de leur père.

Toile. Haut., 1m,01; larg., 1m,44.

ÉCOLE FRANÇAISE

(XVIIe siècle)

22 — *Portrait de saint Vincent de Paul.*

Vu en buste et vêtu d'une soutane sombre.

Conforme à la gravure du XVIIe siècle d'après François Simon, de Tours.

Cadre en bois sculpté.

Bois. Haut., 0m,21; larg., 0m,15.

ÉCOLE FRANÇAISE

(XVIIe siècle)

23 — *La Vierge aux anges.*

Toile. Haut., 0m,43 ; larg., 0m,29.

ÉCOLE FRANÇAISE

(XVIIe siècle)

24 — *Portrait de Jeanne-Baptiste de France, fille légitimée d'Henri IV et de Charlotte des Essarts, abbesse de l'ordre des Bénédictines de Fontevrault.*

Vue en buste de face, les mains jointes : un livre est ouvert devant elle.

En bas, une crosse traversant la couronne royale.

Cadre en bois sculpté.

Cuivre. Haut., 0m,21 ; larg., 0m,15.

ÉCOLE HOLLANDAISE

25 — *L'Homme au Muguet.*

Cheveux noirs tombant naturellement sur un col blanc rabattu, pourpoint noir, manchettes blanches relevées sur les manches ; petites moustaches, figure caractéristique ; la main tient une branche de muguet.

Cadre en bois sculpté. Une date à droite.

Toile. Haut., 0m,7[illegible] ; larg., 0m,[illegible]0.

ÉCOLE HOLLANDAISE

(XVIIe siècle)

26 — *Portrait d'homme.*

Tourné vers la droite, vêtu de noir, il porte un col blanc rabattu.

Cuivre. Haut., 0m,13 ; larg., 0m,09.

ÉCOLE HOLLANDAISE

(XVIIe siècle)

27 — *Portrait de dame.*

Tournée vers la gauche, un ruban blanc dans les cheveux, des perles aux oreilles, vêtue d'une robe noire largement décolletée et ornée de mousseline blanche.

Présente une grande ressemblance avec la célèbre comtesse de Bossu, femme de Henry de Guise.

Cuivre. Haut., 0m,13 ; larg., 0m,09.

ÉCOLE ITALIENNE

28 — *Les Temples de Pæstum.*

Réunion de personnages en costume du XVIIIe siècle.

Toile. Haut., 0m,30; larg. 0m,[illegible]

ÉCOLE ITALIENNE

(Fin du XVIe siècle)

29 — *Vierge et Enfant Jésus dans un paysage.*

Cuivre. Haut., 0m,20; larg., 0m,21.

ÉCOLE VÉNITIENNE

(Commencement du XVIIe siècle)

30 — *Tobie et l'Ange.*

Cuivre. Haut., 0m,18; larg., 0m,24.

FRANCKEN (École de)

31 — *La Sainte Trinité.*

Cuivre. Haut., 0m,24; larg., 0m,17.

GÉRARD (baron François)

(ATTRIBUÉ AU)

(1770-1837)

32 — *Portrait présumé d'une princesse Bonaparte.*

Vue de face, vêtue d'une robe de velours noir échancrée, des dentelles blanches au cou, elle se détache sur une draperie verte à crépine d'or; la mer dans le lointain.

Toile ovale. Haut., 0m,70; larg., 0m,54.

GREUZE (École de J.-B.)

33 — *Portrait présumé de Mademoiselle Raucourt.*

En buste, la tête tournée vers la gauche, ses cheveux blonds relevés et coiffés d'un bonnet blanc orné d'une sorte de diadème rose; elle est vêtue d'une robe blanche décolletée bordée d'un galon d'or.

Toile ovale. Haut., $0^m,38$; larg., $0^m,47$.

GRIMOUX (Alexis)

(1680-1740)

34 — *La petite Fille au tambour de basque.*

Vue à mi-corps et de face, vêtue d'une robe à bretelles vert sombre, elle est souriante et agite dans ses mains un tambour de basque; une draperie de velours vert est relevée sur un fond de paysage.

Toile. Haut., $0^m,40$; larg., $0^m,31$.

GRIMOUX (Alexis)

(1680-1740)

35 — *Le petit Joueur de Clarinette.*

De face à mi-jambes, les yeux vifs, la figure espiègle, sa chemise blanche entr'ouverte, il porte une veste rouge trouée et rapiécée, retenue sur la poitrine par des rubans entrecroisés, — fond de paysage.

Toile. Haut., $0^m,40$; larg., $0^m,31$.

N. B. — Ces deux peintures sont inspirées de l'École vénitienne.

33

60

GUÉRIN (Baron Pierre-Narcisse)

(1774-1833)

36 — *Œdipe et Antigone.*

Œdipe a les yeux fermés, sa main droite est appuyée sur un bâton, il est vêtu d'un manteau recouvrant une tunique verte et échancrée, il presse contre lui la jeune Antigone aux cheveux blonds, aux yeux bleus et au nez bourbonien.

Antigone n'est autre en effet que Madame Royale, qui plus tard devint la duchesse d'Angoulême.

Les littérateurs légitimistes de la Restauration avaient mis cette allégorie à la mode.

Provient de la collection de la baronne de C...

Toile. Haut., 0m,25 ; larg., 0m,33.

HEEM (David de) le Vieux

(1570-1632)

37 — *Nature morte.*

Un globe terrestre, une rose, un chandelier, un oiseau mort et divers objets.

Signé du monogramme et daté 1617.

Bois. Haut., 0m,47 ; larg., 0m,57.

HEILMANN (J.-G.)

(ATTRIBUÉ A)

(1718-1760)

38 — *Portrait de dame tenant une tabatière.*

Elle porte une robe de velours vert décolletée, ouverte sur un corsage de brocard d'or, un manteau de soie grise retenu sur l'épaule par un cabochon; elle tient une tabatière d'or ouverte.

Toile. Haut., 0m,78; larg., 0m,62.

HUET (J.-B.)

(ATTRIBUÉ A)

(1745-1811)

39 — *Paysage.*

Un pâtre vêtu de rose, un bâton à la main, garde ses moutons au milieu d'un paysage orné de bouquets d'arbres et sillonné d'un cours d'eau.

Toile. Haut., 0m,26; larg., 0m,34.

JOUVENET

(1644-1717)

40 — *Jésus guérissant les malades.*

Esquisse avec variantes composée pour les chartreux de Paris. Provient de la chapelle de Saint-Bris.

Cadre bois sculpté et doré.

Toile. Haut., 0m,38; larg., 0m,88.

LAJOUE (JACQUES DE)

(ATTRIBUÉ A)

(1687-1761)

41 — *Scythes devant le tombeau d'Ovide.*

Des personnages à pied, suivis d'un cavalier, dans un paysage désolé, devant un tombeau, cherchent à déchiffrer les inscriptions de celui-ci, tandis qu'un autre compagnon écrit sous leur dictée.

Toile. Haut., 0m,90 ; larg., 0m,79.

LE NAIN (Frères)

(ATTRIBUÉ AUX)

42 — *Christ au donateur.*

Au premier plan, un personnage vêtu d'un costume sacerdotal est agenouillé à terre, les mains jointes, priant devant le Christ crucifié devant lui et se détachant sur un fond représentant la ville de Jérusalem.

(Le portrait rappelle les traits de P. Le Masle, chantre de l'Église de Paris dans la première moitié du XVIIe siècle, grand amateur d'art.)

Toile. Haut., 1m,06 ; larg., 0m,92.

LEPRINCE (XAVIER)

(ATTRIBUÉ A)

(1799-1810)

43 — *Vue prise à Trianon.*

Des enfants sous l'œil de leurs mères prennent leurs ébats sur les pelouses, près du hameau de Trianon.

Toile. Haut., 0m,20 ; larg., 0m,30.

LEPRINCE (Jean-Baptiste)

(ATTRIBUÉ A)

(1733-1781)

44 — *Alexandre sous la tente de Darius.*

Cette esquisse est composée dans le style du célèbre tableau de Charles Lebrun.

Cadre bois sculpté et doré.

Toile. Haut., 0^{m},18; larg., 0^{m},32.

de MACHY (École de)

45 — *Le Mausolée.*

Toile. Haut., 0^{m},54; larg., 0^{m},64.

MANFREDI (Bartelemy)

(1572-1605)

46 — *Les joueurs de trictrac.*

Des soldats groupés autour d'une table trichent et se disputent; au fond, un vieillard coiffé d'un turban marque le coup, sur la table est posé un pichet à couvercle d'étain, fragment de signature à gauche.

Toile. Haut., 1^{m},18; larg., 1^{m},54.

MANGLARD (ADRIEN)

(1695-1760)

47 — *Une rafale en Italie.*

Bois. Haut., 0m,22; larg., 0m,32.

MARATTI (CARLO)

(1625-1713)

48 — *David et Bethsabée.*

Collection Worms de Rumilly.

Toile. Haut., 0m,35; larg., 0m,45.

MOLENAER (JEAN-PIERRE-MIENSE)

(? -1640)

49 — *Scène de Cabaret flamand.*

Toile. Haut., 0m,32; larg., 0m,24.

MIGNARD (École de)

50 — *Portrait présumé d'une Princesse de Conti.*

En buste, haute coiffure noire ornée de fleurettes, vêtue d'un corsage rouge à chemise de dentelle, largement décolletée, un manteau bleu retenu sur les épaules ; elle pose de la main droite sur sa poitrine un bouquet de fleurs.

Cadre bois sculpté et doré. Provient de la famille de L..

Toile ovale. Haut., 0m,72; larg., 0m,50.

MONNOYER (J.-B.)

(1634-1699)

51 — *Fleurs dans une jardinière dorée.*

Signé en bas : Baptiste.

Toile. Haut., 0m,72 ; larg., 0m,56.

❧

MOREAU (Louis-Gabriel)

[attribué à]

(1740-1806)

52 — *Étude.*

Au premier plan, de grands arbres à travers lesquels on aperçoit les balustrades de pierre d'un château.

Toile. Haut., 0m,74 ; larg., 0m,62.

❧

PILLEMENT (Jean)

(1727-1808)

53 — *Paysage ensoleillé.*

Pâtre et chèvres, lointain profond et lumineux.
Cadre en bois sculpté.

Toile. Haut., 0m,24 ; larg., 0m,32.

PRUDHON (École de PIERRE)

(1758-1823)

54 — *Joseph et Putiphar.*

Réplique avec quelques variantes de la peinture décrite dans le catalogue de la collection Marcille.

Bois. Haut., 0^{m},20 ; larg., 0^{m},16.

RABEL (JEAN)

(1540 ? -1605)

55 — *Portrait de l'Amiral anglais Drake.*

Toile. Haut., 0^{m},27 ; larg., 0^{m},22.

REBOUL (MARIE-THÉRÈSE)

[ATTRIBUÉ A]

(1728-1805)

56 — *Pigeons dans leur nid.*

Cadre en bois sculpté.

Toile. Haut., 0^{m},25 ; larg., 0^{m},35.

REGNAULT (Baron J.-B.)

(1754-1829)

57 — *Orphée perd Eurydice pour la seconde fois.*

Eurydice s'envole et semble une forme diaphane. Cerbère et une furie gardent la porte de l'Érèbe.

Cadre en bois sculpté et doré.

Toile. Haut., 0m,30 ; larg., 0m,30.

RIBÉRA (École de JOSEPH)

58 — *Le Repentir de saint Pierre.*

Le Saint a un genou en terre et les mains jointes, un coq chante sur un tronc d'arbre.

Cadre bois sculpté et doré.

Cuivre. Haut., 0m,35 ; larg., 0m,27.

RICOIS (FRANÇOIS-EDME)

(1795-1881)

59 — *Bagatelle.*

La célèbre folie du comte d'Artois est prise par derrière, un grenadier l'arme au bras monte la faction.

A figuré à l'Exposition de Bagatelle, pendant du suivant.

Peinture sur papier et marouflée sur toile. Haut., 0m,28 ; larg., 0m,37.

7

59

RICOIS (François-Edme)

(1795-1881)

60 — *Bagatelle.*

Le Palais est pris de côté, laissant apercevoir la façade principale, un valet sort du château tenant un plateau de rafraichissements, des enfants jouent sur la pelouse.

Exposition inaugurale de Bagatelle.

Pendant du précédent.

Peinture sur papier, marouflée sur toile. Haut., 0m,17; larg., 0m,2[illegible].

RIGAUD (École de)

61 — *Portrait présumé d'un seigneur de Broglie.*

Le regard à droite, coiffé d'une perruque poudrée, vêtu de velours violet orné de brandebourgs et de boutons d'or, colleté de fine dentelle, drapé d'un manteau à revers brodés d'or.

Cadre bois sculpté et doré.

Provient du château du prince de Berghe.

Toile. Haut., 0m,70; larg., 0m,[illegible]2.

ROQUEPLAN (Camille-Étienne-Joseph)

(1800-1855)

62 — *La femme en rose.*

Debout, en cheveux, robe rose et dentelles noires, dans un paysage romantique.

Signé à gauche.

Toile. Haut., 0m,63; larg., 0m,[illegible].

SCHALKEN (Godefried)

(1643-1706)

63 — *Nymphe endormie.*

Une nymphe blonde est endormie sur l'herbe fleurie, à l'ombre des arbres près d'un étang; derrière elle, un satyre sort d'un buisson et la contemple.

Provient du baron de Pérignon.

Bois. Haut., 0m,24; larg., 0m,25.

SCHALCKEN (Godefroid)

(1643-1706)

64 — *La vieille Liseuse.*

Bois. Haut., 0m,27; larg., 0m,22.

SCHEFFER (Ary)

(1795-1858)

65 — *Portrait équestre d'Henri IV.*

Esquisse du portrait commandé à l'artiste par le roi Louis XVIII.

Salon de 1827.

Le palais de Versailles renferme l'œuvre définitive.

Toile. Haut., 0m,32; larg., 0m,24.

SINGRY

(? -1824)

66 — *Portrait de M. Bertin.*

Le frère du célèbre Bertin, peint par Ingres, co-directeur du *Journal des Débats*, est représenté assis, tourné vers le spectateur. Ses jambes sont croisées et bottées, la main gauche appuyée sur le dossier de la chaise; il tient de la droite des lunettes d'or, un chien est couché à ses pieds.

Signé sur la chaise.

Toile. Haut., 0^{m},45; larg., 0^{m},37.

STEEN (JEAN)

(1626-1679)

67 — *Les Pèlerins d'Emmaüs.*

Dans une salle ouverte à droite par un large portique à colonnes, le Christ, la tête nimbée, les yeux au ciel, est assis, la main droite levée: il bénit le pain que tient sa main gauche. Trois apôtres l'assistent. Un compagnon debout tient un verre.

Dans l'entrebâillement de la porte, un jeune servant porte un plat de volailles.

Signé à gauche sur l'escabeau.

Toile. Haut., 0^{m},31; larg., 0^{m},25.

STEENWYCK (HENRI VAN)

ATTRIBUÉ A

(1550-1604)

68 — *Intérieur d'Église.*

De nombreux personnages et un chien circulent au milieu d'une cathédrale.

Bois. Haut., 0^{m},37; larg., 0^{m},27.

STRADAN (Jean)

1530-1605

69 *Saint Pierre coupe l'oreille de Malcus en présence du Christ.*

A été gravé. Cadre ancien en bois peint.

Bois. Haut., 0m,16; larg., 0m,2[illegible].

THÉOTOCOPULI (Dominique, dit El Greco)

ATTRIBUÉ A

1548-1625

70 *Portrait de saint Charles Borromée.*

Le Saint vu jusqu'aux genoux grandeur nature, sa tête très caractéristique est auréolée, il est agenouillé devant un prie-Dieu recouvert d'une large draperie de velours rouge, orné d'un coussin de même étoffe à crépines d'or; les mains jointes s'élèvent vers un crucifix. A côté, la barrette et un livre à reliure de vélin. Il porte l'anneau pastoral au doigt; il est vêtu d'un surplis du blanc particulier au Greco, et d'un camail en soie rouge; d'étroites manches rouges sortent de la dentelle du surplis, mains osseuses et longues.

Toile. Haut., 1m,1[illegible]; larg., 0m,[illegible].

DE TROY (François)

ATTRIBUÉ A

1634-1730

71 — *Portrait du Régent, cuirassé, cordon bleu.*

Toile ovale. Haut., 0m,26; larg., 0m,21.

DE TROY (FRANÇOIS)

(1654-1730)

72 *Portrait présumé d'Honoré de Barentin.*

En buste, presque de face, coiffé d'une perruque poudrée, vêtu d'une robe de magistrat à rabat blanc ; la main gauche ornée d'une manchette de mousseline blanche retient la manche droite aux revers de soie, dans un geste familier aux orateurs de la barre.

Cadre bois sculpté et doré.

Provient de la famille d'O...

Toile. Haut., 0m,[illegible] ; larg., 0m,72.

DE TROY (École de FRANÇOIS)

73 - *Portrait d'Homme en buste.*

Vu de trois quarts, la chemise entr'ouverte, vêtu d'une robe de chambre à ramages et à revers rouges.

Cadre bois sculpté et doré.

Toile ovale. Haut., [illegible] ; larg., [illegible].

VAN LOO (d'après CARLE)

74 *Portrait de Louis XV enfant.*

Vu à mi-corps, les cheveux poudrés, vêtu d'une tunique de buffle, il porte une cuirasse traversée du grand cordon de l'ordre du Saint-Esprit.

Cadre bois sculpté et doré.

Toile. Haut., [illegible] ; larg., 0m,2[illegible].

VAN BALEN (HENRI)

(1560-1632)

et BREUGHEL DE VELOURS

(1568-1625)

75 — *Le Paradis perdu.*

Adam reçoit la pomme de la main d'Eve, au milieu d'un paysage enchanteur.

Cadre bois sculpté et doré.

Cuivre parqueté. Haut., 0m,55; larg., 0m,70.

HOECKE (JEAN VAN DEN)

ATTRIBUÉ A

(1611-1651)

76 — *Portrait présumé de Charles II enfant.*

Toile. Haut., 0m,[illegible]; larg., 0m,54.

VAN LOO (École de LOUIS-MICHEL)

77 — *Portrait présumé de Turgot.*

En buste tourné vers la droite, vêtu d'un habit gris foncé, col et jabot de mousseline.

Toile ovale. Haut., 0m,[illegible]; larg., 0m,47.

63

75

VERDIER (FRANÇOIS)

(1651-1730)

78 — *Saint André adorant la Croix.*

Cadre bois sculpté et doré.
Provient de la vicomtesse de R...

Toile. Haut., 0m,90; larg., 0m,72.

VOUET (École de SIMON)

79 — *Descente de Croix.*

Cuivre. Haut. 0m,34; larg., 0m,24.

WILDMANN (MICHEL)

(1630-1706)

80 — *Le Fumeur.*

140 Il est représenté assis et en pied, le bras droit appuyé sur le dossier de sa chaise, il tient une pipe de la main gauche, coiffé d'un bonnet blanc, vêtu d'un costume gris; à côté de lui, un buveur bourre sa pipe sur un tonneau renversé à terre, un chien, puis une cruche en Delft.

Signé du monogramme sur un côté du tonneau.

Cadre en bois sculpté et doré.

Bois. Haut., 0m,37; larg., 0m,31.

Produit 15.471 francs

Imprimerie de la Cour d'Appel
Louis MARETHEUX
PARIS

www.ingramcontent.com/pod-product-compliance
Ingram Content Group UK Ltd.
Pitfield, Milton Keynes, MK11 3LW, UK
UKHW021945260726
13994UKWH00004B/1553

9 782329 465876